Ernesto Is

Memoria de la nisal

Premio Asturias Joven de Textos Teatrales, 2023

Uviéu, 2024

Para Veva y Ramiro

Si hay algún sustituto para el amor, es la memoria.
JOSEPH BRODSKY, prólogo a las memorias
de Nadiezhda Mandelstam

Personajes

ELISA, *la mayor de las hermanas, cuarenta y cinco años.*
ANA, *la hermana mediana, muy cerca de los cuarenta.*
CORAL, *la más pequeña de las hermanas, apenas los treinta.*
LA MADRE, *fallecida hace unos años.*

El norte de España, a finales de los años sesenta.
La acción se desarrolla en el interior y el exterior de una casa de campo.
En la finca hay una gran nisal seca, su tronco abullonado a causa de la edad.

1

Salón de paredes ocres. Últimas horas del día. Los años se dejan notar tanto en el mobiliario como en la decoración. Al fondo de la estancia, un ventanal se abre al exterior y enmarca una vieja nisal. ELISA está apoyada en el quicio de la ventana, leyendo lo que parece una carta. CORAL entra en la habitación con una botella y un vaso. ELISA esconde la misiva.

ELISA: Ay, el vaso… ¡este ridículo vaso! ¿Cuántas veces te dije que el digestivo de la noche lo tomo en los otros, en esos vasos que son más pequeños y redondos? Mira que te lo tengo repetido hasta la saciedad, Coral, pero tú como si nada. Ni me escuchas ni me haces caso. ¡Qué ridiculez, por favor! Gigante y ridículo, así es. ¿Cómo se supone que voy a beberme la copa en esta monstruosidad sin derramar ni una gota? Tanta modernidad, tanta modernidad, pero ninguna utilidad. ¿De dónde lo has sacado? Es igual. Vuelve a llevártelo, anda, no quiero ni verlo delante. Vamos, ¿a qué esperas? Ve a la cocina y trae uno de los otros, de los pequeños y redondos. ¡Jesús! ¿Pero tú te viste esas manos? ¡Fíjate qué uñas, Coral! ¿Qué estuviste haciendo, apañando carbón? Coral, Coral, Coral… ¡Qué paciencia tengo que tener contigo! (*Pausa breve*). Sabes muy bien que esta es la hora a la que acostumbro a tomar el cóctel, justo antes de acostarme. Esta y no otra y en uno de los vasos que te digo y no en este, ¿entiendes? Sólo me das dolores de cabeza, nena; como si yo ya no tuviera suficientes a diario… Venga, arreando, que estoy cansadísima y necesito tumbarme. No me gusta ir a la cama sin hacer antes la digestión, que luego me dan unos cólicos terribles. ¡Ay, qué cruz! Entre tú y lo de esa vais a acabar con la poca salud que me queda. No me mires así, Coral, que tú sabes igual de bien que yo que esa no vino a otra cosa más que a romper la paz, porque así es su naturaleza: malvada, dañina, conflictiva. Tiene que aparecer justo ahora, en el momento menos oportuno, cuando yo… (*Sacude las manos en el aire como si, así, pudiese espantar sus pensamientos*). ¿Y por qué se lo permitimos? Por tu culpa, claro, y también por tu cabezonería. Si yo hubiese escuchado antes el timbre, si yo hubiese bajado a abrir… Ella no estaría aquí. Lleva metida en esta casa, en nuestra casa, menos de una semana y ya lo *tracamundió* todo. Esto se tiene que acabar. O ella o nosotras, Coral. No lo aguanto. (*En un susurro*). Hazme caso, estaríamos mucho mejor si ella se fuese, si regresase al lugar del que nunca se tendría que haber marchado, la muy… (*Pausa breve*). ¿No lo entiendes? Así, nosotras… Tienes que dejar de comportarte como una niña mimada, Coral, y empezar a pensar también en mí. Pensar en nosotras dos y en nadie más. Como yo siempre hago y como tú nunca has hecho.

CORAL: Eso no es verdad, Elisa.

ELISA: Ah, ¿no? Entonces, dime, ¿por qué la dejaste pasar? ¿Por qué demonios le dijiste que se quedara? No, no me lo cuentes, que ya sé yo muy bien el porqué: porque tú le abriste las puertas de esta casa de par en par sin, ni siquiera, conocerla; sin importarte un comino lo que yo opinara o dejase de opinar sobre meterla aquí con nosotras.

CORAL: Tú sabes que yo te quiero mucho.

ELISA: Deja de regalarme el oído, anda, y vete a por el vaso, que se me va a pasar la hora del digestivo.

CORAL: ¿De los pequeños y redondos?

ELISA: ¿Pero a ti qué te pasa, Coral? ¿Estás sorda o es que no me entiendes cuando te hablo? ¡Sí! ¡Un vaso pequeño y redondo!

CORAL: Está bien.

ELISA: Y haz el favor de llevarte este espanto. *Respíngome* toda sólo con mirarlo.

CORAL (*Va a salir, pero…*): Elisa.

ELISA: ¿Y ahora qué te pasa?

CORAL: No fue a mal.

ELISA: ¿Cómo dices?

CORAL: Lo de Ana.

ELISA: Ya valió con el cuento.

CORAL: Pero es que yo… Verás, no entiendo mucho, ya lo sabes, pero me parece que, al fin y al cabo, si ella decidió volver es porque le apetece estar aquí, con nosotras, y por eso le dije de quedarse, porque la familia está para ayudar, ¿no? Eso no es malo, ¿verdad, Elisa? Querer estar con tu familia, ayudarla, ¿a que eso está bien?

ELISA: Hasta que no me veas enfadada no vas a parar, ¿verdad?

CORAL: Sólo digo que, si ella volvió aquí, junto a nosotras, es porque, igual, lo necesitaba.

ELISA: Mira, Coral, tengamos la fiesta en paz, porque de lo contrario…

CORAL: Somos hermanas. Es bueno estar juntas. Mamá me ha dicho que…

ELISA: ¡Coral, ni se te ocurra!

CORAL: …pues que a ella le hace muy feliz.

ELISA: ¡Deja de decir gilipolleces!

CORAL (*Haciendo pucheros*): Elisa, yo…

ELISA: ¡Ay, es que no puedo más con esta ansiedad! De los nervios me pone el dichoso temita. Y, encima, tú que no haces más que sacarlo a relucir cada poco, pues… ¡exploto! ¡Ex-plo-to! Como la dinamita, Coral. ¡*Bum*! ¡*Bum*! Y, cuando lo hago, ya no hay quien me pare y, entonces, se me va la lengua y arraso con todo y digo cosas de las que luego… (*Coge aire*). Vamos, vamos… No te me pongas a berrar como una cría, que lo llenas todo de mocos. Además, tú no eres un bebé llorón, ¿verdad que no, Coral? No tendría que haberte gritado, lo sé, pero es que, a veces, me sacas de mis casillas. Venga, nena, que tú eres buena. Qué digo buena, ¡buenísima! Así eres tú, coralito de mi corazón. Pero, tienes que entenderme… Desde que esa volvió… La cosa es que una, de vez en cuando, tiene que ponerse firme y… Ay, ¿dónde está ese vaso? Necesito una copa, inmediatamente. Ya sabes el bien que me hace y cuánto me ayuda con la cantidad de cosas que tengo que pensar y la cantidad de cosas que tengo que hacer a diario en esta casa para cuidarte mucho, mucho, mucho, mi coralito.

CORAL: Sí, Elisa, lo sé. Además, te lo recomendó el doctor. Fue él quien te dijo: «Una copita de tónica con un chorrito de ginebra antes de acostarse le ayudará a mantener la úlcera a raya».

ELISA: ¡Eso es! Una copita de tónica con un chorrito de ginebra antes de acostarme me ayuda a mantener la úlcera a raya. ¡Pero qué nena más lista que eres, Coral! ¡Qué memoria!

CORAL: Y no es sólo por los cólicos y la úlcera, sino que también te ayuda a relajarte y desconectar, que tú eso lo necesitas mucho, Elisa, porque tú eres…

ELISA: Venga, bonita, dilo. ¿Cómo soy?

CORAL: …tú eres muy trabajadora, y muy buena, y me cuidas mucho, y sólo quieres lo mejor para mí.

ELISA: ¡Ni yo lo hubiese podido decir mejor! Claro que soy la más buena y la que más te quiere, mi amor. Mucho más que esa otra, no lo olvides. Ven aquí, mi nena. Acércate para que te pueda dar un achuchón.

CORAL se acerca a ELISA y esta le planta un beso rápido, primero, y un sonoro cachete, después, en una de sus mejillas. La joven sonríe.

CORAL: Ahora mismo te traigo otro vaso.

ELISA: Venga, sí, no tardes… ¡Coral! Lávate esas manos primero. Frótalas bien con el estropajo, que no te quede roña entre los dedos.

CORAL: Perdóname, por favor.

ELISA: Ya está, ya está… Pero me tienes que prometer una cosa…

CORAL: ¿Cuál?

ELISA: Prométeme que, a esta hora, la hora a la que me tomo el digestivo y trato de desconectar del largo, largo día, no me vas a volver a hablar de esa.

CORAL: ¿De Ana?

ELISA: Sí, de esa.

CORAL: Prometido.

ELISA: Y otra cosa…

CORAL: ¿El qué?

ELISA: ¿Dónde está mamá, Coral?

CORAL: En el cielo, con papá.

ELISA: Muy bien. (*Pausa breve*). Y, ahora, el vaso.

CORAL: ¿De los redondos y pequeños?

ELISA: De los redondos y pequeños.

CORAL: Elisa.

ELISA (*Casi sin paciencia*): ¿Qué?

CORAL: Te quiero.

ELISA: Y yo, Coral.

CORAL: ¿Cuánto?

ELISA: Mucho, muchísimo. Como un océano de grande es lo que te quiero yo. (*Pausa muy breve*). Espera. (*Señalando la botella*). Déjame eso.

CORAL obedece, abandona el salón. A solas, ELISA abre la botella y le pega un buen lingotazo. Se acerca hasta el ventanal, saca de nuevo la carta para leerla. No se da cuenta, pero tras los cristales...

2

...ANA la observa, junto a la nisal. Ya es de noche.

ANA (*Con un ligero acento extranjero*): Por mucho que te escondas, al final, siempre acabo por encontrarte. ¿Era este árbol, Elisa? ¿Era aquí o, quizás, en una de las higueras? Los años... el tiempo... Todo se confunde y se equivoca, *moya sestra*. Incluso los juegos de la infancia. Sin embargo, me resisto a olvidar. (*Pausa breve*). Yo apoyaba mi cabeza en el tronco de un árbol, juntaba los párpados, contaba hasta cien y, al terminar, gritaba bien alto: «¡Ya voy!». Entonces, tú, que te habías metido en cualquier recoveco, esperabas agazapada, paciente, a que yo te buscase y te encontrase. Y lo hacía siempre, Elisa. ¿Recuerdas? Siempre descubría tu escondite, por muy adentro de un armario que estuvieses o por muy lejos que te hubieras adentrado en el bosque. Si sabes que siempre fue así, si lo único que he hecho durante toda mi vida es buscarte y encontrarte, una y otra vez, sin descanso, ¿por qué crees que eso no iba a volver a ocurrir? Dime, ¿por qué lo niegas? ¿Por qué me niegas? Después de tantos años, no he vuelto para jugar al escondite como cuando éramos niñas, así que abandona todo esfuerzo. Sal de debajo de las sábanas, asómate tras las sombras que nacen en las esquinas de los pasillos y mírame a la cara. Mírame a la cara y reconóceme, Elisa. Porque, si tú me reconoces, yo soy. Y si yo soy, nosotras seremos capaces de volver a ser aquello que alguna vez fuimos. (*Un movimiento en el interior de la casa. La luz del salón se apaga*). No puedes seguir escondiéndote de mí para siempre, Elisa. ¿Por qué me rehúyes? Deja de ocultarla con tanto celo. Sé bien lo que dice esa carta. No ignoro el sentido de las palabras que tiene escritas, llevan décadas pesándome, como una maldición. Fue su mano la que las fijó sobre el papel. Ahora, con mi vuelta, he logrado romper ese hechizo.

La llegada de la lluvia empuja a ANA a resguardarse dentro de la casa. Entonces, la figura de una mujer mayor se aparece por detrás de la nisal. Es LA MADRE, en sus ojos no hay más que tristeza.

3

Cocina blanquísima. Es la mañana siguiente. CORAL, *rodeada de cacharros, está colocando bizcochos unos encima de los otros, como si construyese una dulce torre.* ANA, *que aún no se ha despertado del todo, entra y coge la cafetera para servirse. sin embargo…*

CORAL: Se acabó. Yo te lo hago. Siéntate.

ANA: No hace falta, Coral.

CORAL: Que sí. Déjame remojar este bizcocho y ya friego la cafetera.

ANA: De verdad, puedo…

CORAL: ¡Que me apetece a mí! ¿Cuánto hace que no te preparo un café? (*Pausa muy breve*). ¡Uy, soy tontísima! (*Ríe*). Si nunca te he hecho café…

ANA: Tú no eres tonta, Coral. ¿Por qué dices eso?

CORAL: Bueno… A veces me cuesta un poco. Voy como lenta, ¿sabes?

ANA: ¿Lenta?

CORAL: Eso es lo que me dice Elisa.

ANA: No le hagas ningún caso a Elisa porque ella, en eso, no tiene razón. Si no pensases, entonces, ¿cómo es que eres capaz de preparar una tarta con esa pinta tan rica?

CORAL: ¿Te gusta? Es una especie de Sacher: seis bizcochos redondos emborrachados en *brandy* y café, mermelada de albaricoque para el relleno y cobertura de chocolate negro. Igual que la que nos hacía mamá por los cumpleaños, ¿recuerdas? Sólo que ella la adornaba con un niso arriba del todo, pero como el árbol se ha… (*Pausa breve*). ¡Pero qué tonta que soy! Perdóname, Ana.

ANA: No pasa nada.

CORAL: Siempre olvido que tú… ¿Sabes? No se lo dije a Elisa, porque siempre está diciendo que tú a ella no le gustas, pero a mí me pone muy contenta que estés aquí.

ANA: Y a mí también, Coral.

CORAL: ¡Voy a hacerte el café!

CORAL abandona la tarta y prepara la cafetera. ANA se sienta.

ANA: ¿Te acuerdas de mamá?

CORAL: ¿Cómo acordarme?

ANA: Si piensas en ella.

CORAL: ¡Ah, claro! ¡Todos los días! Yo siempre ando ocupada, pero, de vez en cuando, me da por pensar en lo que puede estar haciendo mamá en ese mismo momento: recogiendo los frutos de los árboles, mirando los estorninos volar en círculos… Además, con este tiempo que está viniendo, me preocupo bastante por ella, porque pasar las noches ahí afuera, bajo la lluvia, no le tiene que gustar mucho.

ANA: Coral, tú sabes que mamá…

CORAL: Está en el cielo con papá, sí. Pero eso no significa que yo no pueda verla o hablar con ella. Siempre le digo cuánto la quiero y le canto alguna de las canciones que ella me solía cantar. Muchas veces, también, le pido consejo sobre cómo quitar las manchas de tierra de la ropa o qué es mejor para que el pote quede con sustancia, si cocer las berzas por separado o con la carne… ¿Sabes qué?

ANA: ¿Qué?

CORAL: El otro día le pregunté si le gusta que estemos las tres juntas.

ANA: ¿Y qué te dijo?

CORAL: Que sí, que mucho.

Un silencio largo, denso.

ANA: Coral…

CORAL: Dime, Ana.

ANA: No, nada.

CORAL pone la cafetera en el fuego.

CORAL: A ver si sube pronto. Debes de estar muerta de hambre, ¿verdad? Nosotras es que solemos hacer las comidas del día bastante pronto, para que Elisa no llegue a la noche con la barriga muy llena. ¿Te preparo unas tostadas?

ANA: ¿Puedo pedirte un favor, Coral?

CORAL: Claro.

ANA: ¿Me cantas una de las canciones de mamá?

CORAL (*Sonríe*): ¿En serio?

ANA: Me gustaría mucho.

CORAL: ¿Cuál quieres que te cante?

ANA: Tu favorita.

CORAL: A ver si me sale bien… (*Cantando con la misma inocencia con la que se canta una melodía infantil*).

> En la plaza de mi pueblo
> dijo el jornalero al amo…
> En la plaza de mi pueblo
> dijo el jornalero al amo…
> «Nuestros hijos nacerán
> con el puño levantado».
> «Nuestros hijos nacerán
> con el puño levantado».
> Esta tierra, que no es mía,
> esta tierra, que es del amo…
> Esta tierra, que no es mía,
> esta tierra, que es del amo…
> La riego con mi sudor,
> la trabajo con mis manos…
> La riego con mi sudor,
> la trabajo con mis manos…

ELISA entra en la cocina igual que un vendaval.

Elisa: ¡¡Qué estás haciendo!? (*Agarra a* Coral *del brazo*). ¡¡Cuántas veces te dije que no se pueden cantar esas cosas, eh!? ¡¡Cuántas veces, Coral!? ¡¡Cómo se te ocurre!?

Coral (*Llorando*): ¡Para! ¡Me haces daño!

Ana: ¡Déjala en paz, Elisa!

Elisa (*A* Coral, *sin soltarla del brazo*): Si esto ya lo sabía yo… ¡Sabía que esta no iba a traernos más que problemas!

Ana (*Tratando de separarlas*): ¡Para ya!

Elisa (*A* Coral): ¡Mira a dónde te llevan sus historias!

Ana: ¡Ella no tiene la culpa!

Elisa (*A* Coral): ¡Que dejes de llorar!

Ana: ¡Suéltala!

Elisa (*A* Coral): ¿Pero cómo dejas que te meta toda esa mierda en la cabeza? ¿Dónde te piensas que estamos, Coral? ¡Este lugar no es Rusia! ¡Nunca lo fue!

Ana: ¡Suéltala de una vez! ¡No es más que una canción!

Elisa (*A* Coral, *ignorando a* Ana): ¡Una canción, dice! Si sólo fuera eso… ¡Es un error! ¡Eso es en lo que se ha convertido nuestra vida desde que esta regresó! ¿En qué momento le permitimos poner los pies de nuevo en esta casa? Dime, ¡en qué momento! Es tu culpa, Coral… ¡Imbécil! ¡Estúpida! ¡Subnormal! (*Zarandeando a* Coral). ¿Por qué te dejaría abrir la puerta? ¿Por qué te dejaría abrir la puerta?

Ana: ¡Basta!

Ana empuja a Elisa, *que cae al suelo.* Coral *corre hacia ella.*

Coral: ¡Elisa! (*Ayudándola a levantarse*). ¿Estás bien?

Elisa (*Besa en la frente a* Coral): Tranquila, nena… Tranquila…

Ana: Elisa, yo… Perdóname. Yo no quería…

Elisa: ¡Calla! Ni me nombres. No puedo soportar… ¡Estoy harta de escuchar tu voz! ¡Harta de tu acento, de tus palabras, de toda esa montaña de explicaciones que te empeñas en darme! No te conozco, Ana, no sé quién eres. No, espera, sí. Sí, sí que lo sé: eres una perfecta desconocida. Te marchaste hace años y, ahora, regresas. ¿Qué sentido tiene tu vuelta? ¿Por qué nos incomodas con tu presencia? ¿Por qué en este momento?

ANA: Esta también es mi casa, Elisa.

ELISA: ¡No, ya no! Dejó de serlo hace tiempo, cuando decidiste que ninguna de nosotras te importábamos. ¡Mamá murió y tú ni siquiera te dignaste a llamar! Y, ahora, casi cinco años después, apareces por aquí. ¿Quién te crees que eres?

CORAL: Mamá no está muerta. Mamá está en el cielo.

ELISA (*A CORAL*): ¡Calla!

ANA: Elisa, sabes perfectamente que yo no elegí nada de lo que pasó. Fue mamá quien me envió fuera y quien me obligó a no regresar.

ELISA: ¡Mientes! ¡Cállate! ¡Tienes la boca llena de mentiras! ¡Fueron otros los que escogieron por ella!

ANA: No, Elisa. Mamá tomó ella sola esa decisión.

ELISA: ¡Silencio! No tienes ningún derecho a hablar así.

ANA: Entonces, ¿por qué la escondes?

ELISA: ¿Cómo dices?

ANA: La carta que ella me escribió unos meses después de que me fuera, cuando nació Coral. ¿Por qué la ocultas?

ELISA: No sé de qué me hablas.

ANA: Vamos, muéstrala. ¿O acaso tienes miedo de que Coral conozca cómo era mamá en realidad?

CORAL: Elisa, ¿qué está diciendo?

ELISA: Nada. No le hagas caso. Sólo es una loca que no hace más que emponzoñar esta casa con sus mentiras.

ANA: ¿Pensabas que no me había dado cuenta? ¿Que no sabía que tú la tenías? Yo misma quise que la encontraras, Elisa. La dejé bien a la vista, entre mis cosas, para que eso sucediera. Durante todos estos años, la he llevado siempre conmigo, allí donde he ido. Esperaba que, algún día, vosotras pudierais leerla y conocer la verdad. Ese momento ha llegado. Ahora sabéis por qué no pude regresar.

CORAL: ¿Qué pone la carta, Elisa? ¿Qué dice mamá?

ELISA: ¡Mamá no dice nada porque está muerta! ¡A ver si te enteras de una puñetera vez!

CORAL: ¡No está muerta! ¡Está en el cielo!

CORAL sale corriendo, entre sollozos.

ELISA: Te crees lista y fuerte, Ana, pero hay demasiadas cosas que ignoras. Peleé mucho para llegar hasta aquí y no voy a permitir que tu egoísmo lo arruine todo. No, ahora no. Estoy tan cerca…

ELISA saca la carta, se la ofrece a ANA. Las hermanas sujetan el sobre por cada uno de sus extremos.

ANA: ¿Por qué me la devuelves?

ELISA: Es tuya.

ANA: Pero lo que esta carta dice nos incumbe a las tres. ¿O es que no entiendes lo que hizo mamá, Elisa?

ELISA: ¡No! ¡Calla! No tienes ni idea. Yo sé cuál es la única verdad. El relato real.

ELISA suelta la carta.

ANA: Elisa, lo único que quiero es estar en paz. Contigo, con vosotras, conmigo misma. No he parado de dar tumbos desde que… Si regreso ahora, después de todo, es porque no tuve elección. Te pido que, por favor, me dejes vivir aquí, en nuestra casa, junto a vosotras. La misma casa a la que no se me permitió volver.

ELISA: Esta no es tu casa, Ana. Nunca lo será. Voy a venderla.

ELISA se va. La cafetera silba y el vapor que desprende envuelve a ANA.

4

Habitación infantil. Sobre una estantería, al lado de viejas fotografías, hay un puñado de nisos maduros, casi morados. Por la ventana abierta, entra el murmullo constante de la lluvia. CORAL está tumbada en la cama, la cara hundida en la almohada. Ella no ha visto cómo ANA acaba de entrar.

ANA: Coral… ¿puedo pasar? (*Silencio*). ¿Me dejas que me siente a tu lado? (*Otro silencio*). ¿O prefieres que me vaya? (*Más silencio*). No te molesto más.

ANA gira el pomo de la puerta para salir.

CORAL: ¿Qué es Rusia?

ANA: ¿Cómo?

CORAL: Que qué es eso. Dime qué es Rusia, Ana.

ANA: Coral, Rusia es… ¿Por qué me lo preguntas?

CORAL (*Incorporándose*): Estoy harta de escuchar esa palabra sin saber lo que significa. Ya no soy una niña, ¿sabes?

ANA: Claro que lo sé.

CORAL: Pues, entonces, dime: ¿qué es Rusia?

ANA: Rusia es un país, Coral. Un país muy grande que está muy lejos.

CORAL: Y si está tan lejos, ¿por qué mamá y Elisa nunca quieren hablar de él?

ANA: Algunas palabras duelen, Coral.

CORAL: ¿Duelen?

ANA (*Señalándose el pecho*): Aquí.

CORAL: Como *imbécil* o *subnormal*.

ANA: Por eso no está bien decírselas a la gente.

CORAL: ¿Y por qué Elisa me las dice a mí, Ana? ¿Por qué dice, también, que mamá está muerta cuando a mamá lo que le pasa es que está en el cielo con papá?

ANA: Elisa no quiere hacerte daño, Coral. Sólo que a veces…

CORAL: ¿Qué?

ANA: Hay cosas que son difíciles de explicar.

CORAL: Pues tú me acabas de explicar algo y yo lo entendí. Ahora ya sé que Rusia es un país y es una palabra que hace daño a Elisa y a mamá, ¿a que sí?

ANA: Sí, Coral.

ANA se sienta en la cama, junto a CORAL. Le acaricia la cabeza con suavidad.

CORAL: ¿Tú eres de Rusia, Ana?

ANA: Sí. No. (*Pausa*). Viví allí muchos años.

CORAL: ¿Cuántos?

ANA: Los mismos que tú tienes.

CORAL: ¿Treinta?

ANA: Treinta.

CORAL: Por eso no te conocía. Porque cuando yo nací, tú ya te habías ido, ¿verdad?

ANA: Mamá estaba embarazada de ti cuando me embarcaron, pero yo no lo sabía. Tenía ocho años. Me enteré tiempo después, cuando ella me escribió para contármelo.

CORAL: ¿Y papá y mamá dejaron que te fueses siendo tan pequeña? ¿Cómo es que no te acompañaron?

ANA: Papá estaba… Él ya se había ido al cielo. Y mamá, pues… ella se quedó aquí.

CORAL: ¿Con Elisa?

ANA: Con Elisa.

CORAL: ¿Tú conociste a papá, Ana?

ANA: Un poco.

CORAL: ¿Cuándo se fue al cielo?

ANA: Al principio de la… (*Silencio. Mira a su alrededor, sin saber qué decir. Se pone de pie, va a la estantería y coge una fotografía*). Es él. Fíjate qué guapo.

CORAL: Mamá dice que le sentaba muy bien el uniforme de trabajo. Papá era ferroviario. Ferroviario significa que trabajaba en el ferrocarril, con los trenes, ¿sabes?

ANA: Sí, me acuerdo de la boina gris que siempre ponía ladeada. Mamá le regañaba y él se la recolocaba, pero cuando ella no estaba, volvía a ponerla de lado.

CORAL: ¿Y de su reloj, Ana? ¿Te acuerdas del reloj? Lo llevaba en el bolsillo, atado a una cadena. Así sabía qué hora era en todo momento y decía: «en unos minutos sale la línea de Zamora» o «a esta altura ya debería haber pasado el tren de mercancías hacia Bilbao».

ANA: ¿Y tú cómo puedes saber eso?

CORAL (*Encogiéndose de hombros*): Me lo cuenta todo mamá.

Silencio.

ANA (*Sorprendida*): ¿Y esto?

CORAL: ¿El qué?

ANA: Son…

CORAL: Nisos de la nisal.

ANA: No puede ser…

CORAL: Me los trajo mamá.

ANA: ¿Cómo que te los trajo mamá?

CORAL: De antes.

ANA: ¿Antes?

CORAL: De hace años, cuando aún daba fruto. Se estropeó poco después de que tú te fueras, por eso, ahora, está seca.

ANA: Coral, ¿qué estás diciendo?

CORAL: La verdad, Ana. (*Se besa los dedos entrecruzados*). Juro por estas que sólo digo la verdad. Por favor, no me pegues.

ANA: ¿Qué? No voy a hacerte daño, Coral. Yo no soy Elisa.

Silencio.

CORAL: ¿Por qué lo hicieron? ¿Por qué te llevaron a Rusia?

ANA: Porque aquí… El ejército se había… Vivíamos con miedo. Ellos nos estaban matando.

CORAL: ¿A quiénes estaban matando?

ANA: A las familias como la nuestra, Coral. Familias corrientes, de personas que querían vivir en un mundo más justo, más libre… Pero ellos… Estábamos en peligro. Entonces, la República decidió que los niños teníamos que ser evacuados.

CORAL: ¿La República?

ANA: Escúchame. (*Saca la carta*). ¿Tú sabes leer, Coral?

CORAL: No.

ANA: ¿Pero no te enseñaron en la escuela?

CORAL: Yo no fui a la escuela. Siempre estuve en casa, ayudando a mamá y a Elisa con todas las cosas. (*Pausa*). Esa es la carta que te envió mamá, ¿verdad?

ANA: Sí.

CORAL: ¿Puedo pedirte un favor? Pero no se lo cuentes a Elisa… ¿Me la lees?

ANA abre el sobre. Oscuro.

5

Dormitorio sobrio. Pegado a la pared hay un tocador frente al que está sentada ELISA. La mujer se lima las uñas, se extiende crema, se arregla el pelo. Un espejo circular devuelve su reflejo.

ELISA: El tiempo… Mira lo que hizo. Te pasó por encima, Elisa, sin que tú sepas muy bien cómo. Ayer, el sol de la infancia te calentaba la piel, pero, hoy, bajo esta lluvia eterna, te volviste una vieja fea, gris y arrugada. No hay forma de escapar. La vida es una huida hacia delante y a ti ya no te quedan fuerzas suficientes para continuar en la carrera. En cambio, Ana… Desde nena siempre tuvo el valor para hacer lo que le daba la real gana sin ninguna consecuencia. A ojos de los demás, ella siempre fue mejor que tú, aunque te duela, aunque te empeñes en negarlo. Más dulce. Más rubia. Más lista. Más buena. Más todo. (*Pausa breve*). ¿Recuerdas lo que pasó en la tenada? Sí, sólo erais unas crías, pero ella sabía bien lo que hacía… Tú descubriste que la gata acababa de parir una camada de cinco *gatinos* y se lo fuiste a contar a Ana, emocionada. Le hiciste jurar que no podía decir nada, que si mamá se enteraba del secreto se desharía de los cachorros. Pues bien, Ana no tardó ni una tarde en contárselo, en decirle a mamá el lugar exacto de la tenada donde la gata escondía a los *gatinos*, justo detrás de la *fesoria* y la *gadaña* de papá. (*Pausa*). Algunas personas nacen con estrella, en cambio, tú, Elisa, naciste estrellada. «Viniste de culo». Mamá lo solía decir, ahogándose de risa. «Viniste de culo». Y así sigues, Elisa, marcha atrás y sin remedio. Pero eso se va a acabar, se tiene que acabar. Son muchos años ya, aguantando carros y carretas. Llegó la hora de que cada uno apechugue con lo que le toca y de que tú empieces a cobrarles a los demás los errores que cometen. A ti no te va a parar nadie, Elisa. Ni siquiera esa que, algún día, hace mucho, fue tu hermana.

Un destello en el cristal. A ELISA le parece ver la silueta de una persona, pero, cuando se da la vuelta, no hay nadie. Oscuro.

6

Los rayos de sol declinan sobre la piel rugosa de la vieja nisal, dibujando una maraña de sombras. CORAL se aproxima al árbol, se arrodilla sobre la hierba mojada y comienza a excavar la tierra con sus manos. De pronto se detiene, algo le inquieta. La figura de LA MADRE se aparece. CORAL la mira, frunce el ceño, continúa excavando. La joven forma pequeños montículos de tierra a su alrededor con los que, poco a poco, se va llenando los bolsillos. LA MADRE se aproxima a ella. CORAL no quiere mirarla. LA MADRE extiende la mano para tocar a CORAL, pero algo le impide alcanzarla. LA MADRE desaparece, llena de tristeza. Entonces, CORAL coge un puñado de tierra, lo mete en la boca, mastica y traga. Se escucha un trueno y, poco después, la lluvia ya no deja ver nada.

7

Tenada húmeda y desordenada. Las telarañas y el óxido evidencian la última vez que se usaron los aperos de labranza que cuelgan de las paredes. ELISA llena con una garrafa unas botellas de cristal de un líquido brillante y rojizo. Entra ANA.

ELISA: ¿Qué quieres?

ANA: Hablar.

ELISA: Estoy ocupada. Márchate.

ANA: Elisa, por favor, ¿me puedes escuchar?

ELISA: No hice otra cosa desde que llegaste. Escuchar, escuchar y volverte a escuchar. Tengo los oídos cansados de ti, Ana.

ANA: Vamos a arreglarlo.

ELISA: ¡Ja!

ANA: ¿Por qué eres…? ¿Por qué tienes que ser siempre tan ácida?

ELISA: La edad, supongo.

ANA: Elisa…

ELISA: Vete. Tengo trabajo.

ANA: ¿Qué es?

ELISA: ¿Eh?

ANA: Eso. ¿Licor?

ELISA: Sí.

ANA: No sabía que lo hacíais.

ELISA: No tenías por qué saberlo. Al fin y al cabo, Ana, tú ya no eres de aquí.

ANA: Sí soy.

ELISA: No, no eres.

ANA: ¿Eres tú quien decide todo?

ELISA: Si ese todo tiene que ver con cómo organizar o dirigir este sitio, sí. Decido yo.

ANA: ¿Con qué derecho?

ELISA: Con el mismo que tú tienes para presentarte en nuestra casa, después de tanto tiempo, y ponernos la vida patas arriba.

ANA: Sólo quiero vivir aquí, en paz, junto a vosotras. Ya lo sabes, Elisa. No creo que esté exigiendo o haciendo nada malo. Regresé después de mucho tiempo fuera, sí, pero lo único que busco es poder echar raíces en el lugar donde nací. El mismo lugar que mamá me negó durante años. No te voy a permitir que tú también me niegues este deseo. No te voy a dejar que vendas la casa.

ELISA: Sabía que lo harías, Ana. ¿Y todavía te atreves a decir que no exiges nada? (*Deja la garrafa*). Estaba a punto, Ana, a punto. Tenía un comprador muy interesado, prácticamente habíamos apalabrado la venta. Pero tú tuviste… ¿Por qué no te quedaste en Rusia, bien lejos? Ajena a lo que aquí pasaba, como has hecho durante tanto tiempo. ¿Por qué demonios has tenido que volver ahora? Lo estás estropeando todo, Ana. ¡Todo! Nuestra rutina, nuestra tranquilidad, nuestra vida. Mira a Coral. Desde que volviste, ella no es… Está más enferma que nunca. Hace y dice unas cosas que yo jamás hubiese creído que ella…

ANA: Coral no está enferma, Elisa. Eres tú, y el modo en que la tratas, lo que la pone peor.

ELISA: ¿Cómo tienes tan poca vergüenza de opinar sobre la forma en que cuido de ella? ¿Dónde estabas tú todos estos años mientras la atendía y la protegía?

ANA: Es tan hermana mía como tuya. Lo mismo que esta casa.

ELISA: Puede que así lo digan las letras de los apellidos y de los documentos, pero esto… (*Recorre con su índice el interior uno de sus brazos*). La sangre… los lazos… Eso es algo que se forma día a día, con el hábito del tiempo.

ANA: Mi sangre es vuestra sangre.

ELISA: Tu sangre es la sangre de una desconocida, Ana. La sangre de una egoísta.

Silencio breve.

ANA: Yo no elegí, Elisa. No pude. ¿Cuántas veces lo tengo que repetir? Fue mamá quien se deshizo de mí y quien, después, no me dejó volver. (*Saca la carta*). ¿Te la tengo que volver a leer? ¡Vamos, acéptalo! ¡Acepta cómo era, en realidad, nuestra madre!

ELISA: ¡Tú no sabes nada de ella! La última vez que la viste tenías ocho años.

ANA: Precisamente por eso no soy capaz de quitarme todo el dolor que arrastro desde entonces. ¿De verdad crees que se le pueden escribir unas palabras como estas, llenas de amargura y desprecio, a una niña de esa edad?

ELISA: Entérate de una vez, Ana: ¡mamá escribió esa carta porque estaba desesperada! Ella no quería que regresaras, claro que no, ¿cómo iba a querer? Estaría loca si hubiese pensado lo contrario. Cuando todo terminó, este lugar era el infierno sobre la Tierra.

ANA: Entonces, ¿por qué os retuvo, primero a ti, y, después, a Coral aquí, junto a ella?

ELISA: Ella no nos retuvo, Ana, fueron las circunstancias. ¿Cómo puedes enmarañar la realidad de esa forma? Papá había muerto en el frente y mamá casi no tenía con qué alimentarnos, ¿o es que no te acuerdas? Lo que no está escrito en esa carta, y tú no conoces, es que, si hubiese dependido de mamá, ella habría escapado contigo y conmigo. Removió cielo y tierra para irnos las tres. Pero, al final, se enteraron, la presionaron y...

ANA: No, Elisa, nadie la presionó. Ella misma escogió.

ELISA: ¿Estás diciendo que mamá prefirió quedarse aquí, conmigo, bajo las bombas de los *Junkers*, que irse y poder vivir las tres, juntas, alejadas de aquella locura?

ANA: Estoy tratando de aclarar el porqué.

ELISA: ¡Ella no tuvo elección! Cuando tenía todo dispuesto para escapar contigo y conmigo, comenzó a recibir amenazas. A la gente del sindicato de papá no les hizo gracia que la mujer de uno de los suyos pusiera tierra de por medio. Irse significa abandonar, traicionar la causa, enterrar por completo la esperanza en la victoria, por mínima que fuese. Además, yo tenía casi quince años. ¡Era toda una mujer! Mi lugar no estaba en el futuro que mamá había proyectado para nosotras, sino en la retaguardia, dentro de la fábrica, puliendo misiles y cosiendo uniformes hasta dejar de sentir los dedos. Atada al trabajo, al cuidado, a los demás. Así pasaron los últimos años de mi vida. Pero tú estás tan llena de odio y eres tan egoísta, que jamás entenderás las decisiones que hubo que tomar por el bien de todas.

ANA: ¿Por qué me cargas con una responsabilidad que no me pertenece?

ELISA: Porque tú nunca hiciste nada por esta familia y, en cambio, te crees con el derecho de decidir por todas nosotras.

ANA: ¿Qué se supone que tendría que haber hecho? Dime cómo debería haber actuado.

ELISA: No tendrías que haber vuelto, Ana. Ahora no.

ANA: ¿Cuándo, entonces? Si esta carta me impedía volver. ¿Qué querías que me encontrara aquí? ¿Una madre que ya no me quería?

ELISA: La carta no era una prohibición, sino una advertencia. Con los años, las cosas se calmaron y no había tanto problema con que tú… Mamá se murió llamando por ti. Si no hubieses sido tan rencorosa, podrías haber regresado para estar junto a ella. Pero no, preferiste quedar en Rusia, con tus libros y tus clases y con toda esa sabiduría que tú tienes y con la que nos miras desde lo alto. Lo que mamá escribió en esa carta tenía un único propósito: darte lo mejor.

ANA: ¿Lo mejor? No me hagas reír, Elisa.

ELISA: Sí, Ana, sí, lo mejor. Mamá sólo pudo apartar de este horror a una de nosotras. Y esa fuiste tú, Ana. Si hubieras estado aquí, entenderías por qué hizo lo que hizo.

ANA: Ahora estoy aquí, Elisa, frente a ti. Cuéntamelo todo.

ELISA: Es demasiado tarde.

ANA: ¿Tarde para qué?

ELISA: Para el tiempo, para hacer hablar a los que ya no están, para rescatar las costumbres, para que los recuerdos signifiquen y sean sólo eso, recuerdos.

ANA: Si no son recuerdos, ¿qué son, entonces?

ELISA: Dolor.

ANA: Yo también sufrí, Elisa. ¡Era una niña pequeña, completamente sola, en un país extranjero!

ELISA: Un país en paz. Sin hambre. Sin enfermedades. Sin terror.

ANA: Allí también hubo todas esas cosas, ¿o es que también vas a negarlo? Hablas de ti, pero te olvidas de mencionar que yo salté de una guerra a otra, con muy pocos años de diferencia. Yo también conozco el agotamiento de la fábrica, Elisa, y las sirenas en la noche, y el frío que produce el miedo, y el olor y el silencio que quedan tras un bombardeo.

ELISA: No me das ninguna pena, Ana. Ninguna. Ya no. La última vez que lloré por ti, la última vez que lloré por nadie, fue aquella madrugada, mientras te veía subir al barco. Mamá y yo estábamos allí, en la dársena del puerto, tiritando de frío y de miedo, cogidas de la mano. Parecíamos dos estatuas desubicadas, absurdas, sin brillo. Tenía la sensación de que, si una se soltaba, la otra acabaría derrumbándose. Tú te asomabas desde la cubierta, agitando los bracitos hacia nosotras sin saber muy bien qué era lo que estaba pasando. Yo no… no pude… Entonces, mamá me susurró: «No llores. Que no nos vea llorar. Aguanta, Elisa. Aguanta». Y eso es lo que hice, Ana; eso es lo que hago desde hace treinta años, con todos sus días y todas sus noches. Nada más que aguantar. Por ti. Por mamá. Por Coral. (*Pausa*). Y, ahora, tú me vienes a exigir, después de décadas sin vernos, sin saber nada la una de la otra, sin ni siquiera conocernos, que lo siga haciendo; que siga sosteniendo todo el peso de esta tierra extraña sobre la que llevabas tanto tiempo sin caminar y que, ahora, reclamas como tuya. No, Ana, no hay ninguna razón para que yo siga aquí, enterrándome en vida con los gusanos y las raíces. Hay un mundo ahí fuera que desconozco. Un mundo de distancias inasibles, que se prolonga más allá de esta casa, de estos árboles, lejos de este derrotado pueblo, y al que únicamente se puede llegar cruzando el mar… Sólo por el mar… En ese mundo, la vida tiene otro sentido. Las niñas no se suben a los barcos porque se mueren de hambre y las madres no lloran desconsoladas ni vomitan tierra. (*Pausa*). Quiero conocerlo, Ana. Quiero ir allí. Quiero vivir, igual que tú vives desde entonces. Tal y como estaba previsto. Tal y como quería mamá.

ANA: Mi vida está en este lugar, Elisa. En esta casa. No pienso renunciar a ella.

ELISA sale deprisa. Al irse, su cuerpo roza una botella que cae al suelo, rompiéndose en mil pedazos. El líquido impregna la tierra con el color de la sangre.

8

En la nisal.

ANA: La primera palabra fue *Dairiguerme*, pero yo no lloré y me metí en la bodega, junto al resto de niños. La segunda fue *allez*, pero, aunque me moría de hambre, yo no cogí el trozo de pan con chocolate que me ofrecía aquella enfermera. La tercera fue *Leningrado*, pero yo no sabía dónde estaba. La cuarta palabra fue *familiya*, pero yo no entendí la preguntaba de aquel soldado y le respondí que mi familia se había quedado muy lejos, en el pueblo. La quinta fue *Odessa*, pero yo no protesté y me conformé con la cama de la litera que estaba más cerca del suelo. La sexta fue *voyná*, pero, aquel día, yo no comprendí que la muerte y la destrucción regresaban a mi vida. La séptima fue *Wehrmacht*, pero yo no me asusté y subí al tren para escapar junto a los demás. La octava palabra fue *Samarcanda*, pero yo no enfermé, a pesar de aquel frío horrible, y recogí algodón sin parar. La novena fue *pobeda*, pero, al contrario que el resto, yo no tenía nada que celebrar porque no os tenía cerca. La décima fue *tovarishch*, pero, cuando me empezaron a llamar de ese modo, yo ya no me sentía parte de aquel lugar. En cambio, Elisa, todas las cosas que me dices, llenas de amargura, son las palabras más extrañas que jamás he oído pronunciar. Podríamos hablar el lenguaje de los pájaros o el de las flores, pero, ni siquiera de ese modo, seríamos capaces de entendernos. Aparta el odio de tu boca, que no hace más que quemar el tiempo que nos queda. Háblame en el idioma en el que nos hablábamos cuando éramos niñas, la lengua de esta tierra, de nuestra infancia. Dime *sestra*. Dime *soeur*. Dime *schwester*. Dime como tú quieras, Elisa, pero dime. Dime hermana.

Oscuro.

9

Desván. Baúles, trastos, maletas, bultos de todas las formas y tamaños que se ocultan bajo un mar de sábanas blancas. El polvo del tiempo colorea el espacio con tonos grisáceos. CORAL rebusca dentro de un arcón de madera. Encuentra algo, está a punto de sacarlo, pero…

ELISA (*Entrando*): ¿Qué haces?

CORAL: Nada.

ELISA: Coral, no mientas. Acabo de ver cómo hurgabas en el arcón. ¿Qué se supone que estás haciendo?

CORAL: Busco.

ELISA: Ahí no hay nada, deja eso.

CORAL: No.

ELISA: Coral, apártate ahora mismo de ahí, no hagas que me enfade.

CORAL: Y si no te hago caso, ¿qué? ¿Me vas a pegar, Elisa? ¿Tú sabes que está mal pegar a la gente? La gente buena no pega. La gente buena explica y cuenta cosas, como Ana.

ELISA: Esa cabrona… Te ha comido la cabeza.

CORAL: La gente buena tampoco dice palabrotas. Ni palabras malas, palabras que hacen daño.

ELISA: Como no cierres inmediatamente ese arcón, vas a saber lo que significa el daño.

CORAL: ¿Por qué tienes miedo?

ELISA: ¡Ja! ¿Miedo? Yo no tengo ningún miedo. No seas estúpida.

CORAL: Sí, sí lo tienes, Elisa. Miedo a que yo sepa cosas, miedo a que no te quiera, miedo a que Ana haya vuelto, miedo a abrir los baúles de este desván, miedo a mamá…

ELISA: ¡Basta! ¡Mamá ya no está, Coral! ¡No va a volver! ¡Lleva muerta desde hace años! Muerta, ¿entiendes? ¡Muerta!

CORAL: Si está muerta, dime, ¿por qué yo puedo verla? ¿Cómo es que puedo hablar con ella a diario?

ELISA: ¡Porque estás loca! ¡Todas en esta casa os estáis volviendo majaras, y no vais a descansar hasta que yo pierda la cabeza!

CORAL: Si quisieras, tú también podrías verla, Elisa, junto a la nisal. La nisal vieja que plantaron los abuelos cuando construyeron la casa. Sólo tienes que creer en ello, ser valiente. Confía en mí. No hay por qué tener miedo.

ELISA se abalanza sobre CORAL y le cruza la cara de una bofetada.

ELISA: ¡Calla!

CORAL no reacciona al golpe. Se vuelve hacia el arcón, mete las manos en su interior, coge aquello que había encontrado y lo saca. Ante la cara de espanto de ELISA, CORAL sostiene por la cadena un viejo reloj de bolsillo con el cristal de la esfera roto.

CORAL: Mamá me dijo que esto estaba aquí. Ella quería que te lo enseñara.

ELISA: ¡Guárdalo!

CORAL: No, Elisa. Lleva escondido mucho tiempo.

ELISA: ¡Que lo guardes!

CORAL: Vamos, cógelo. Era el reloj de papá.

CORAL le quiere dar el reloj a ELISA, pero esta lo rechaza. Cae al suelo.

CORAL: Yo no tengo miedo, Elisa. ¿Por qué tú sí? No hay que temer al pasado.

ELISA: El pasado es un pozo sin fondo: todo lo que cae en él se hunde sin remedio. Yo no quiero hundirme, Coral, quiero flotar en el presente y nadar hasta el futuro. Eso es lo único que importa, nuestro futuro. ¿Por qué no quieres entenderlo?

CORAL: No, Elisa. En el pasado… Tú sabes muy bien que allí está la verdad.

ELISA: Coral… Mamá, ¿qué te ha…? (*Silencio. Piensa. No encuentra las palabras*). ¿Qué es lo que sabes?

CORAL: Vas a vender la casa.

ELISA: Quiero venderla por ti, Coral. Por ti y por mí, nena. Si tenemos suerte, podremos empezar de cero. Tú y yo, juntas. Nosotras también nos merecemos algo mejor que esto.

CORAL: Esto es todo, Elisa. Aquí tenemos lo que necesitamos: mamá, la tierra, nuestra casa, el licor que preparamos para vender... Es lo único que somos, lo que siempre seremos.

ELISA: ¡Es lo que nos obligaron a ser! No tuvimos alternativa. Nosotras no pudimos escoger una vida como Ana. Pero, por fin, ha llegado nuestra oportunidad. La oportunidad de decidir. Pero, para que eso suceda, necesito que me apoyes, Coral. Necesito que estés a mi lado ahora que todo termina y empieza. Sin ti, yo no... Te necesito junto a mí.

CORAL: Ana no pudo elegir.

ELISA: ¡Sí, sí que pudo! Eligió seguir allí, a kilómetros de distancia, cuando sólo teníamos la piel de las patatas como alimento. Eligió mirar para otro lado mientras mamá se moría. Eligió regresar y entorpecernos la vida cuando más le convino. No voy a permitir que otros continúen eligiendo por mí. No se lo voy a permitir.

CORAL: Ella no sabía nada.

ELISA: ¡Porque nunca le interesamos! Que no te confundan sus palabras disfrazadas de ternura, Coral, no son más que veneno.

CORAL: ¡Mentira!

ELISA: Vamos, date cuenta: si le importáramos lo más mínimo nos dejaría vender la casa. Es bueno para todas. Incluso para ella.

CORAL: ¡Sí que le importamos!

ELISA: ¿Por qué te empeñas en defenderla?

CORAL: ¡Porque es mi hermana! ¡Es parte de nuestra familia!

ELISA: ¡Yo también! Siempre estuve aquí, cuidándote, protegiéndote. ¿Es así como me lo pagas? ¡Eres una desgraciada!

CORAL: No, Elisa, tú no...

ELISA: ¡Silencio! ¡Se acabó la discusión! Recoge todo esto y baja a preparar la cena, que se está haciendo tarde.

CORAL: ¡No!

ELISA: ¡Vuelve aquí, Coral! ¿A dónde te crees que vas?

CORAL: ¡Lejos de ti! ¡Eres una mentirosa! ¡Todos estos años no has hecho otra cosa más que engañarme!

ELISA: ¡Siempre te he contado todo!

CORAL: ¡Mientes!

ELISA: ¡No vuelvas a gritarme!

CORAL: ¡Mentirosa! ¡Mentirosa! ¡Mentirosa!

ELISA: ¡Basta!

CORAL: ¡Mentirosa! ¡Mentirosa! ¡Mentirosa!

ELISA: ¡Para de una vez!

CORAL: ¡No pienso callar hasta que me cuentes la verdad sobre la nisal!

Silencio.

ELISA: ¿Quién te ha…? ¡Coral, vuelve! ¿Qué es lo que sabes? ¡Vuelve!

CORAL sale. ELISA empieza a ordenar el desván, muy nerviosa. Ve el reloj. Lo recoge del suelo y lo guarda de nuevo en el arcón. Cuando está a punto de cerrar la tapa, algo llama su atención en el interior del mueble. Es un niso, grande y jugoso, de un morado intenso. Lo coge y lo gira entre sus dedos, analizándolo minuciosamente. Se lo lleva a la nariz. Lo huele. Entonces, se mete el fruto en la boca. Mientras lo mastica, llora y ríe al mismo tiempo.

10

ANA está sentada en la hierba, bajo la nisal desnuda, con un libro en las manos. Algunos pájaros cruzan el cielo del atardecer. No detienen el vuelvo porque no se atreven a descansar sobre las ramas del árbol. ANA cabecea, apoya su espalda en el tronco seco y cierra los ojos. La figura de LA MADRE se aparece. Se acerca a ANA y le acaricia el pelo. ANA se revuelve, despierta sobresaltada, se pone de pie, mira a los lados, y ve a CORAL.

ANA: Coral, eres tú. Por un momento… ¿Qué te pasa, niña?

CORAL: No soy una niña.

ANA: Tienes razón. Perdona. ¿Por qué estás triste?

CORAL: Por Elisa.

ANA: Lo siento mucho. Siento que estés en medio.

CORAL: ¿Qué haces aquí, Ana?

ANA (*Mostrándole el libro*): Leo.

CORAL: ¿El qué?

ANA: *Skazki.* (*Pausa breve*). Cuentos.

CORAL: ¿Me lees uno?

ANA: Está refrescando.

CORAL: Por favor.

ANA: Está bien. (*Abre el libro. Hojea*). Este es mi preferido. ¿Quieres que nos sentemos? (*Lo hacen*). Verás… (*Leyendo*). Érase una vez un carpintero muy querido por todas las personas de la aldea de Askat. Se llamaba Serguéi y vivía solo en una cabaña en los límites del bosque, donde tenía su taller. Serguéi era todo un artesano; tallaba muebles muy elegantes y bellos, aunque, también le gustaba fabricar muñecos de madera para los niños de su aldea. Todas las semanas, Serguéi se adentraba en el bosque para recoger la madera con la que hacía su trabajo. Una mañana de invierno, el carpintero se encontró con una nevada que lo había cubierto todo. Serguéi no se dio por vencido tan fácilmente y se adentró en la espesura, donde localizó una ramita muy pequeña y hermosa que no había sido ocultada por la nieve. El carpintero decidió cortarla y llevársela a su taller para hacer algo con ella. Sentado en su mesa de trabajo, Serguéi talló la rama e hizo una muñeca redonda. Le gustó tanto cómo le había quedado que se la quedó para él y la llamó Ma. Un día, la muñeca comenzó a hablar y le pidió a Serguéi una hija a quien cuidar. El carpintero sacó la madera del interior de Ma y, con ella, creó otra muñeca aún más pequeña, a imagen y semejanza de la primera, a la que llamó Tri. Tiempo después, Tri también quiso tener una hija y, de nuevo, Serguéi usó la madera de su interior para crear una tercera muñeca, idéntica a los dos primeras, pero mucho más pequeña, a la que llamó Os. Al poco, Os también quiso tener una hija, por lo que el carpintero talló una cuarta y última muñeca a partir de ella, pero mucho más diminuta que las anteriores, a la que llamó Ka. Como ya no quedaba madera suficiente para que Serguéi les tallase más hijas, las cuatro muñecas se pusieron tan tristes que Ka se metió dentro de Os, Os se metió dentro de Tri, y Tri se metió dentro de Ma. Una noche, Ma, Tri, Os y Ka, abandonaron la cabaña y al carpintero. Las gentes de la aldea de Askat cuentan que, desde aquello, Serguéi jamás volvió a tallar la madera. Fin.

Un silencio prolongado.

Coral: Me gustan esas historias de tierras misteriosas y lejanas.

Ana (*Poniéndose de pie*): Es mejor que entremos, Coral. Se está haciendo de noche.

Coral: No, yo no voy.

Ana: ¿Qué vas a hacer aquí?

Coral: Esperarla.

Ana: Coral, déjame verla. Dime qué es lo que tengo que hacer.

Coral: No quiere.

Ana: ¿Está aquí?

Coral: Detrás de la nisal.

Ana: ¿Por qué se esconde?

CORAL: Está asustada.

ANA: ¿Asustada?

CORAL: Por lo que pueda pasar.

ANA: No va a pasar nada. Seguiremos aquí, a pesar de Elisa. Si nosotras no queremos, ella no va a poder vender la casa.

CORAL: No es eso…

ANA: ¿Entonces?

CORAL: Tiene miedo.

ANA: ¿Quién, Elisa?

CORAL: No, mamá.

ANA: ¿Miedo a qué?

CORAL: A que conozcamos lo que ocurrió en la nisal.

ANA se aproxima al árbol y, con los dedos, toca el tronco.

ANA: Está aquí.

CORAL: ¿La ves?

ANA: Puedo sentirla. Siento su tristeza. (*Pausa*). ¿Qué hay en el árbol, Coral?

CORAL: La verdad, Ana. Nuestra verdad.

La figura de LA MADRE vuelve a aparecerse. Una bandada de pájaros atraviesa el cielo, oscureciéndolo todo.

11

El salón de la primera escena, por la noche. ELISA *bebe una copa del licor rojizo, junto al ventanal. Afuera llueve y truena con violencia.*

ELISA: Qué noche…

Entra CORAL *con una bandeja de comida que deja sobre la mesa.*

CORAL: La cena.

ELISA: Coral, espera. ¿No me vas a volver a hablar nunca más? (*Silencio*). ¿Cómo eres tan resentida? (*Silencio*). Muy bien. No quiero discutir contigo. De todas formas, no hay nada más que hablar. Mañana, a primera hora, llamaré al comprador para cerrar la venta. En menos de un mes nos iremos de aquí. Tenemos que empezar a organizar la recogida, hay demasiada mierda inútil acumulada. Es necesario que nos deshagamos de bastantes trastos. Sólo nos llevaremos lo justo, no necesitamos gran cosa. (*Silencio*). ¿No piensas decir nada? (*Silencio*). Allá tú. Cuando haya vendido la casa, ¿qué vas a hacer? ¿Irte con Ana? ¿Crees que eso va a ocurrir? ¿Dónde os vais a meter? ¿En Rusia? (*Ríe*). Sois igual de patéticas. No tenéis ni idea de lo que es la vida, de lo que realmente significa sacrificarse por los demás, dar todo a los otros antes que a una misma. (*Bebe*). Niñatas consentidas… No podéis pararlo. Ana lleva tantos años fuera que perdió todo derecho sobre esta propiedad. Y tú, Coral, siempre fuiste tan pequeña, tan débil, tan poca cosa… ¿Por qué tengo que seguir tirando de ti? ¿Por qué debo cargar con el lastre que eres? (*Se acerca a la mesa*). Entérate de una vez: no tienes poder de decisión. Estás bajo mi tutela, nena. Yo escojo por ti. Yo soy la única dueña de esta casa. Así lo quería mamá. Si no te gusta lo que oyes, puedes largarte por el mismo camino que vino la rusa. (*Coge un trozo de comida, se lo lleva a la boca y, de inmediato, lo escupe*). ¿¡Qué es esto!? ¿¡Qué coño les has echado a la comida!?

CORAL: Es tierra.

ELISA: ¿¡Tierra!? ¡¡Tú estás loca o qué te pasa!? ¿¡Qué quieres matarme!? (*Bebe*). ¡Voy a mayarte hasta que te vuelvas normal!

CORAL (*Mostrando un niso*): ¿Por qué tienes miedo?

ELISA: ¿De dónde sacaste eso?

CORAL: Me lo dio mamá.

ELISA: ¡Mentira! ¿En qué finca lo robaste?

Un rayo cae y deja la habitación en penumbra. Durante un momento, silencio. La lluvia arrecia.

CORAL (*Asustada*): ¿Qué ha pasado?

ELISA: Ha caído muy cerca. No te muevas. Creo que hay velas en el mueble.

Ruido de cajones que se abren y se cierran. Al poco, una cerilla chisporrotea. ELISA *ilumina tenuemente el salón con algunas velas. Entra* ANA.

ANA: Se ha ido la luz. ¿Dónde está el cuadro eléctrico? (*Silencio*). Elisa, dime.

ELISA: ¡En el pasillo!

ANA: ¿Por qué gritas de ese modo?

ELISA: ¡Porque me da la gana! ¡Estoy en mi casa!

ANA: ¿Has bebido?

ELISA: ¡Sí! ¿Tienes algún problema?

ANA: ¿Tú estás bien, Coral?

ELISA: ¡Ella está perfectamente! ¡Está tan bien que me dio tierra para cenar!

ANA: ¿Qué? Coral, ¿es verdad eso que dice?

CORAL: Lo hice por su bien. Para ayudarla a recordar, como me dijo mamá.

ELISA (*Abalanzándose sobre* CORAL): ¡Chiflada de mierda!

ANA (*Sujetando a* ELISA): ¡Elisa, no!

ELISA: ¡No me toques! ¡Suéltame! ¡Estáis locas! ¡Locas! ¿Por qué me obligáis a…? ¿Qué os hice para que me tratéis así? ¡Basta! Escuchadme bien, porque no lo voy a repetir: ¡pudríos vosotras en este lugar si eso es lo que queréis, pero, a mí, dejadme en paz! ¡Esta noche se acaba todo!

Dentro de unas horas, el contrato de compraventa estará firmado y yo, por fin, podré abandonar esta tierra miserable. Tengo la paciencia agotada por culpa de vuestro egoísmo y de todas esas estúpidas historias de fantasmas. No os dais cuenta, pero esos recuerdos acabarán borrando vuestra realidad y, entonces, ya será demasiado tarde para poder salvaros.

ANA: No, no lo vas a hacer. No eres capaz.

ELISA: ¡Ja! ¿Eso crees?

ANA: No puedes hacerlo sin nosotras.

ELISA: ¿Y cómo se supone que me lo vais a impedir? ¡No podéis hacer nada!

ANA: También somos hijas de mamá, con los mismos derechos que tú. No voy a aceptar que vendas la casa sin nuestro consentimiento, Elisa. Llegaré hasta donde haga falta.

ELISA: ¡Atrévete!

Un trueno.

CORAL (*En la ventana, gritando hacia el exterior*): ¡Mamá! ¡Mamá!

ELISA: ¡Mamá está muerta! ¡Muerta! ¡Muerta! ¡Muerta!

CORAL (*Llora nerviosa*): ¡Sabes que no! ¡Lo sientes, Elisa, igual que también lo podemos sentir Ana y yo!

ELISA: ¡Cállate!

ANA: ¿Qué está pasando?

CORAL (*Gritando hacia fuera*): ¡Mamá!

ELISA: ¡Deja de llamar por ella!

CORAL: ¡Tú conoces la verdad! Mamá me lo dijo.

ELISA: ¡No hay ninguna verdad más que la que vemos!

ANA: Elisa, ¿qué es lo que sabes?

CORAL: Dilo, Elisa. Cuéntalo de una vez.

CORAL enseña el viejo reloj de bolsillo.

ELISA: Cómo te atreves a hacerme esto…

CORAL: Lo hago por ti y por mí, pero también por Ana y por mamá. Por todas nosotras. Recuerda, Elisa. Tienes que hacerlo.

Trueno.

ELISA (*Derrumbándose*): No…

ANA: ¡Habla, Elisa! ¿Qué pasó en la nisal?

ELISA (*Rota*): ¡Que el cielo arrase con todo! ¡Que la luz parta en dos esta tierra dolorosa, igual que ella partió a esta familia! (*Pausa*). Fue al poco de que tú te marcharas, Ana… El ejército rindió el pueblo y ellos… Los militares fueron casa por casa, para cobrarse su botín… Una noche, tres soldados tiraron la puerta abajo… «¡Esto es un nido de rojas!», gritaban mientras arrasaban con todo lo que encontraban a su paso… No nos dejaron nada, ni siquiera la dignidad… Mamá… Ellos la desnudaron y la tiraron al suelo… Le obligaron a morder ese reloj, el reloj de papá, hasta que se le rompieron todos sus dientes… «¿A qué hora vuelve tu marido a casa, puta?». Ellos se reían mientras ella sangraba por la boca… Luego, la azotaron con los cinturones y le mearon encima… Yo… A mí me obligaron a verlo todo y no… (*Reprime el llanto*). ¡No pude hacer nada! ¡Nadie me escuchó gritar! (*Pausa*). Cuando acabaron con mamá, me cogieron por los pelos y me arrastraron afuera… Entre los tres, me ataron al tronco de la nisal, me rasgaron el vestido y, uno tras otro, se fueron turnando para… Mientras uno de ellos me forzaba, los otros dos le sujetaban la cabeza a mamá para que ella no apartase la mirada… (*Pausa larga*). Nueve meses después de aquello, te escribí una carta, Ana… La misma carta que tanto dolor te causó todos estos años… Fui yo quien lo hizo y no mamá… La escribí de mi puño y letra el mismo día que di a luz a Coral…

De nuevo un rayo. El resplandor permite distinguir la figura de LA MADRE *junto a la nisal.*

ANA: ¡La nisal! ¡Está en llamas!

ELISA: No puede ser… Es… Ella está ahí…

CORAL (*Sale corriendo*): ¡Mamá! ¡Mamá!

ANA: ¡Coral, no! ¡Vuelve!

Un rayo, más grande y poderoso que los anteriores. Todo se ilumina con el furor del cielo.

ELISA: Coral…

Luego, silencio.

12

Algunos días después, en la nisal. La madera ennegrecida del árbol contrasta con el azul limpio del cielo. La tierra de la base fue removida hace poco, aún está fresca. ANA, junto a su equipaje, observa las mil y una astillas del tronco fracturado. Entra ELISA.

ELISA: No sabía que estabas aquí. (*Silencio*). Fue una ceremonia hermosa, ¿verdad? Coral descansará en su lugar favorito de la casa. Estoy segura de que era lo que ella quería. (*Silencio*). Ana, sé que te vas. ¿No piensas hablarme?

ANA: Treinta años, Elisa. Me robaste treinta años.

ELISA: Yo…

ANA: ¿Tú qué?

ELISA: No tuve elección.

ANA: Si lo hubiese sabido, yo habría…

ELISA: No, Ana.

ANA: ¿Por qué lo hiciste? ¿Por qué me ocultaste la verdad?

ELISA: Sólo quería protegerte.

Las hermanas se miran, pero ninguna dice nada. ANA coge su equipaje.

ELISA: ¿Adónde te marchas, Ana? ¿No me lo quieres decir? (*Silencio*). ¿Podrás perdonarme algún día? (*Silencio*). Yo te esperaré. Estaré aquí, siempre aquí, hasta que decidas regresar. No voy a abandonar esta casa. Aquí tengo todo. Aquí están mamá y Coral. No quiero alejarme de ellas. (*Silencio*). ¿Vas a volver? Ana, contéstame, por favor. No huyas de mí. No me dejes. (*Pausa*). Si yo pudiera abrazarte… (*Silencio*). Déjame, aunque sólo sea una vez. Por favor, Ana. Por favor, hermana. Por todos estos años, por todo este tiempo, por nosotras…

ANA se va.

13

Donde la nisal. ELISA saca el viejo reloj de uno de sus bolsillos, le da cuerda. Mientras tanto, ANA recorre el camino que sale fuera de la finca. CORAL y LA MADRE se aparecen, cogidas de la mano.

CORAL: No tengo miedo a la muerte, pero sí que temo al tiempo que la acompaña. El mismo tiempo que todo lo borra y que supo crecer y vivir junto a nosotras, sin dejar de ensanchar, ni siquiera por un instante, las distancias que hoy nos separan. Yo no quise vivir ni morir del modo en que lo hice, pero supongo que una no puede escoger ese tipo de cosas. Nadie decide sobre los años que le fueron dados para transitar por los campos y los terrenos que hacen este mundo. Siempre creí que las horas se sucedían a causa de algún misterio, pero, ahora que estoy muerta, por fin entiendo que el abismo que se abre entre el *tic* y el *tac* de las manijas del reloj, no es otra cosa que la más grande y tonta de las casualidades. Ana, Elisa... Fue ese azar el que nos puso a caminar juntas sobre la misma tierra, para, después, alejarnos. También fue el azar el que nos descubrió que nuestras pisadas no pueden hollar la corteza dura y peligrosa con la que la realidad se protege. Pero quiero que sepáis que, debajo de esa superficie áspera, aún hay espacio para la esperanza. Tan sólo es necesario escarbar un poco para encontrar esa palabra y, entonces, el milagro sucede. Es la memoria. Cálida. Silenciosa. Dulce como un fruto. Eterna. Nuestra.

De pronto ocurre lo imposible: un diminuto grupo de hojas brota en una de las ramas quemadas de la nisal. Las cuatro mujeres se miran y se reconocen, sin importar ya todo el tiempo que las separa.
Oscuro final.

Índice

Principado de
Asturias

Primera edición: junio de 2024

Todos los derechos reservados

Promueve:
Consejería de Ordenación del Territorio, Urbanismo,
Vivienda y Derechos Ciudadanos del Principado de Asturias
(Dirección General de Juventud)

Edita:
Consejería de Ordenación del Territorio, Urbanismo,
Vivienda y Derechos Ciudadanos del Principado de Asturias
(Dirección General de Juventud)
y Ediciones Trabe

Fotografía de cubierta: George Vogiatzis
Fotografía del autor: Mark Zlick
Corrección de textos: Esther Prieto

Impreso en Asturias

Depósito legal: As-00071-2024
ISBN: 978-84-10345-05-8